歌集

チェーホフの台詞

строки в пьесе Чехова

野上 卓

Takashi Nogami

本阿弥書店

歌集　チェーホフの台詞　目次

歌集

チェーホフの台詞

野上　卓

装画　野上麻衣子
装幀　長谷川周平

問われれば

問われれば苗字は上野の反対で卓は卓球の卓ですという

ハーメルンの笛吹き男を追いかけた少年はいまここにおります

あこがれは不惑の年に隠棲の陶潜なれどもはやかなわず

ランボオの筆おる歳の三倍をいきてのうのうわれは歌よむ

禿げよりも白髪がいいと思いきし白髪となりて薄くなりゆく

このごろは聞かぬラジオを聞きながら床屋に髭をあたらせており

世界とは了解できるとヘーゲルを読みたる日々もいまはなつかし

四十八歳の抵抗あれば七十歳の抵抗もあるふにゃふにゃだけど

「ションベンして寝ろ」

旨いのはアラだと父は言いにけりわずかな正しき教えのひとつ

勉強さえできれば後はついてくる父の叱咤は半分真実

「わかった」といえば「ションベンして寝ろ」で常に終わりし父の小言は

その暇があれば働き稼ぐべし寄付乞うものを母は追いやる

母の日の母はおらねど母の日は妻にケーキを買って帰りぬ

亡きゆえに吾の心配もせずにすむ父母あれば百歳近し

ふるさとは変わりてゆけど坂道は昔のままの勾配にあり

わが少年期

泣き果てて泣いた理由がわからなくなった子どものときの心よ

ごはんよと呼ばれてやめた缶けりの缶はあれからずっと見てない

恐竜の骨格標本展示する地階に残るわが少年期

少年の日虫歯一本抜いてより生は引き算なることを知る

真実は一つと言い切るコナン君そこのところはやはり子どもだ

最後にはシンドバッドだけ生き残り本当のことは誰も知らない

バナナに種のあったころ

遺伝子の組み換えなしと書かれたるポップコーンに塩がききすぎ

その昔とおい昔はバナナにも種があったが今はもうない

さくらまつりシャンパングラスを手にしてもソースの焦げる匂いこそよし

どんぶりの汁に残ったワンタンはのらりくらりと箸にかからず

コミュニズム幻想

ロシア史のなかのソ連史七十年夢まぼろしのごとくなりけり

ハンガリーの作家の暗喩「怪物」はナチともとれるソ連ともとれる
審判は歴史に残すと縊られし尾崎秀実よソ連は消えぬ

ナチスより嫌われている旧ソ連こういうことは教科書にない

思想にも賞味・消費の期限ありマルクス生誕二百年過ぐ

樺美智子聖女のごとく語られしことも昔に六月の雨

時代閉塞という言葉が似合うのは「今」かもしれぬ啄木を読む

訪中（一九七〇年、二〇一〇年）

七〇年上海の街夕闇に「日本鬼子《リーベンクイズ》」と吐き捨てる声

文化大革命末期の中国を訪問した

毛語録が真っ紅な波と揺らめきて「熱烈歓迎」の声が渦巻く

「再見」「またあいましょう」と革命を語る青年たちと別れつ

しかし、再び訪中したのは四〇年後だった

四〇年過ぎて上海バンドにはあふれるひかりビジネスの話

毛沢東の胸より赤き乳を吸いし革命児孫は何処に老いる

北京の毛主席紀念堂

ひとすじの苦しい光として立ちしかの英雄の遺体展示よ

もどかしい日本語だろう周庭さんツイッターにて伝える思い

国家とはおのれの歴史を騙るもの日本政府も記録残さず

中国は全土北京の標準時ウイグル・チベットは夜のあけぬまま

とはいえ
日中に対立あれど駅前の広東軒は旨くて無罪

パルコ三棟

「感性の経営」という不可思議な言葉煌めき揺らぎ消えたり

ジュリエット・グレコの死せりその昔渋谷ジァンジァンで唄いたるかな

淡谷のり子杖をつきつつジァンジァンで別れのブルース歌いおさめき

パルコ三棟過去に追いやりヒカリエのガラス細工のオベリスク建つ

壊しては建てる現代都市にして渋谷の街も更新されつ

二・二六の慰霊碑ありて花絶えず殺されしものは懐かしきかな

上野教授農業土木の創始者も飼い犬ハチの名には及ばず

下御隠殿橋

句碑歌碑に震災戦災碑の並ぶ墨田向島界隈の寺

神田橋眼下に海月ただよえり潮は都心を深くのぼり来

大神輿かつぎ終えたる若い衆のもろ肌脱げば肩に血の色

三社祭腹掛け姿の姐さんがママと呼ばれて子を抱き上げる

下御隠殿橋は日暮里駅前で十二の鉄路の上を跨げる

逃れたる彰義隊士に撃ちかけし弾の跡ある日暮里の寺

石田波郷句碑を訪ねてバスでゆく砂町銀座は今も現役

荒木経惟遊びし三ノ輪浄閑寺印画紙のごとき静寂にあり

干満のはざまに草魚腹見せて動かざるまま雨の駒形

公園に大道芸の手品師のインチキ臭い英語が受ける

吹き抜けを地下まで吊すフーコーの振子を止める夜ごと夜ごとに

幾千の蝶がまじめに展翅され博物館に死を飾りたる

高輪ゲートウェイ駅

どんな名も慣れゆくまでのことである高輪ゲートウェイも百年たてば

その駅は天空橋と名のれどもモノレール京急ともに地下駅
日比谷公園に南極の石が転がってただの石ころの顔をしており

改築のすすまぬ日比谷公会堂バルコニーには夏の雑草

両翼につららたらして水を吐く真冬の日比谷の鶴の噴水

梅雨曇り雨の気配の濃くなりて銀座に潮のかおりがとどく

小石川後楽園に稲田あり黄門さまの案山子立ちたり

キリンビール株式会社

飲むためにビール会社に入ったと先輩言えりいい人生だ

生きてゆくに煩わしきことさまざまで今日も会社に真っ直ぐにゆく

王冠を二度叩いてから栓を抜く儀式もありぬ壜のラガーに

会社での最後の地位が人生の成果のごとく話す人あり
つまるとこ仕事じゃないかという論を許さなかった上司なつかし

辞めたいと思いし若き日々もあり三十五年の勤め終えたり

いちばんの苦労を問えばうなずきて語らぬままに君は職引く

襟もとに輝きていし社員章今はつけたる人減りてくる

弊社の製品

沈黙は深い侮蔑ということを気づくことなく彼は去りゆき

大阪に出張でいた一月の十七日も遠くなりゆく

上司らは愚かであると言い聞かせようよう勤めを乗り越えてきぬ

手切れ金ですねと笑えばそうだねとまじめな顔され退職金でる

慎めと言われた口を重くして会社生活ようやくに終う

職退きて十年近くなるわれに律義に異動の挨拶がくる

メーカーの勤めを終えて十年余いまだに弊社の製品という

アルバムにともに写りし部員らの半ばの名前もはや出でざる

ＯＢ会に出席すれば歳々に前へ前へと押し出されゆく

上司ではもはやなけれど長幼の序が残されて敬語を使う

会社のため組織のためはよくきくが人様のためはこのごろきかぬ

大会社の組織改編くりかえし名刺の肩書よくはわからぬ

特務艦

核兵器持てばこっちのものという前例つくりし罪も重たい

保存船宗谷は帝国海軍の特務艦としミッドウェーにありき
国民は軍に騙されていたという作り話は都合よきかな

戦争の時代を多く描きにし井上ひさしは古くならない

墓碑銘は「ウルシー湾に突入の回天隊にして死す」とあり

塚本太郎

特攻の桜花・回天・震洋が並ぶ遊就館の室、去りがたし

酸素魚雷に若者ひとり閉じこめて送りだしたり「回天」と呼び

上原良司

自由主義者が明日死にますと遺したる上原良司雲の峰立つ

童貞のままに死にたる兵士らの幻想ならんわれら世代は

特攻機ゆきし出水の滑走路十八ホールのゴルフ場となる

餓死者から戦犯までを神として靖国神社の桜満開

今に生きていれば傘寿の浮浪児に長き戦後の歳月のあり

電線が絡み合いつつ中空に揺れて戦後はまだそこにある

幾万の兵士のむくろつつみしか白地に赤く日の丸の旗

沖縄

六月の雨に思えり摩文仁へと泥土を歩む少女らの顔

沖縄が本土化せずに全国が沖縄化してオスプレイ飛ぶ

蝙蝠が梯梧の枝に垂れさがりひるの時間のゆるむ沖縄

首里城の裏手に残る地下壕は鉄の格子の奥に広がる
夏の日は海の底から大空を見上げる色に暮れゆきにけり

福島原発より二百キロ

復興会議に老人たちの集いきて生きてはおらぬ未来論ずる

はつなつの空に蒲団を干しにけり福島原発より二百キロ

核のゴミ千代に八千代に芦原の瑞穂の国に残るめでたさ

うつろいゆく「時」がすべてを解決する核のゴミなら十万年で

ＩＨヒーターで焼く目玉焼きデブリは発熱し続けている

戒名

恋もせず子も得ず母に先立ちぬ男としては寂しキリスト

曖昧な立場の父のヨセフ氏は老人とされ聖人となる

ライオンを百獣の王というときに人はおのれを神の座に置く

偶像に神は宿らぬその教理たぶん正しい踏み絵など踏め

祖父母父母それぞれもてる戒名を私は一つも覚えていない

無神論無賽銭でやってきた財布のなかに小銭がいっぱい

時は遅れず

重篤の患者見舞えり受付の面会票に兄と記して

病室におかれる小さな丸い椅子見舞客らを落ちつかせない

病床の弟と語る幼き日たがいに初めて知ることもあり

死の不安語ることなき弟に吾も恐れて問うことはなし

棒杭に縋る空蟬引きはがしなんの未練と握りつぶしつ

死に際におのが命の意味を問う親孝行といえば微笑す

余命なら一ト月ですと言われたるわが弟に時は遅れず

喉ぼとけさまは選り分けられずして砕けて灰になりてしまえり

法要ののちの集合写真にはいとこの一人なごやかに笑む

SARS-CoV-2

重症化しやすい人は高齢者吾もその三千六百万分の一

他人には言えぬ濃厚接触の場所はこの先まがったところ

結核の子規の死ぬまで弟子たちは罹患おそれず根岸にかよいぬ

コロナ疲れこもり疲れというなかれ医師看護師は昼夜働く

感染症制御学なる学問のあることを知るこの夏となる

二千万円

シートには就職情報誌の残されて春の電車は折り返しゆく

即戦力と聞こえはいいが使い捨てできる若手の採用つづく

職業の貴賤はとにかく正社員契約社員バイトの別あり

内定にフライングしてルールなど構わず始まる新社会人

二千万円足りない寄こせと言い出してまた若者に憎まれている

ひたぶるに働き稼ぎ税金を絞られるものを弱者と言える

潔く観念せいという言葉この頃通じぬ世の中となる

労災も危険運転も虐待も死者を重ねて動く立法

希望退職つのれば応募多くして企業は己の身の丈を知る

正義の味方

秋暑しこのごろ巷にはやるものセクハラパワハラ第三者委員会

性別の欄は男と女だけそのあいだにはさまざまあれど

地下鉄が急停止して地下にいることの不安がじわりよせ来る

交番の手配写真に過激派の若き微笑はながくそのまま

被害者にも過失があるということを正義の味方は語りたがらぬ

刑事ドラマの刑事は人情深くして人生論をしゃべりすぎてる

水際の守り

日本の戦後はしばしのユートピア訳せば存在しない場所とか

渋面を作るだけでは反対の意志にはならぬＮＯ．といわねば

電車遅延の表示は静かに流れゆき誰かの自死を示唆し続ける

ゴーン氏は逃げてウイルスは侵入す吾が水際の守りはザルだ

天敵のなき外来の憲法も泡立ち草も繁り疲れる

なにごとか夜のニュースで知るだろう頭上をめぐるヘリの五六機

輪転機回せば出づる万札をみなが信じて世はなり立てり

すべてこの世は舞台である

すべてこの世は舞台にあれば企業にもシナリオを書く者たちのおり

人事部の会議室では三人の魔女がわたしの未来を語る

「汚いはきれい」に不思議などはなし会社も芝居も夫婦親子も

勤めつつ戯曲を書き来ぬ会社には断りをいれなにも言われず

わが戯曲読まざる妻がしっかりと目を通しゆく給与明細

教会の地下の劇場ジァンジァンにわれの書きたる芝居のありき

わが書きし台詞は役者に工夫され陰翳深くなりゆきにけり

生涯を無名の役者として果てる覚悟の人の語るふるさと

面白く生きて役者の四十年なお小劇場に君は立ちたり

観客を引き込みてゆく心地好さとろけるように女優は語る

戯作者は客席にいてあのセリフよかったなどと聞いてよしとす

だんだんと役にはまっていきますと狂人役の笑う青年

君だけを愛しているとセリフにはするが家では口に出さざる

チェーホフの台詞

チェーホフ

生きてゆく生きていかねばチェーホフのセリフの染みる冬の夜となる

ラネフスカヤをあなたで一度見たかった老女優への別れを告ぐる

「明日」とか「希望」がセリフで輝いた舞台は日々に遠くなりゆく

伯父さんにあの世の希望を語りたるソーニャはわれの姪に非ざる

ペテルブルクがレニングラードとなることを三人姉妹は知る由もなし

リア王はおれだといえば財産も領土もないと妻は笑えり
シェイクスピア

リア王におまえは無だといいつのる道化のセリフわが胸をつく

あなたはなぜあなたなのかとたずねられロミオに暗き深淵ひらく

生きるべきか死ぬべきかとは若さゆえの贅沢すぎる悩みじゃないか

小劇場

夏の夜は束の間の夢新宿の花園神社の紅いテントよ

鬼子母神の境内にある赤テント老いた役者のアングラ芝居

アングラの役者もファンも老いゆきて地下劇場に手摺つきたる

池袋場末の小さな劇場に客のわずかなよき芝居あり

磨赤兒大駱駝艦を主宰して禿げた頭でくるくる踊る

緑魔子の白き裸身をほの暗き舞台に見しこと妻に語らず

御毒見役

最後まで亭主の面倒はみるそういう覚悟は妻に感じず

べつの恋ちがう家族もありえたが胸突き坂を上り切りたり

おとこは固体女は流体ぽっきりと男は折れて流されてゆく

わが妻も遥か昔は少女にて白黒写真に口を尖らす

吾の知らぬ人の訃報の受話器おき妻は微笑す常と変わらず

わが家の御毒見役はわたくしで今宵怪しいハムが出てくる

天然といわれたのよとぼやく妻誰か知らぬが本当をいうな

床屋から帰れば妻はアラといいそれ以上のコメントはせず

あどけなき世間知らずのお嬢さん妻は古希でもあまり変わらず

吾と妻が車窓に並び映りたる平日午後の銀座線かな

女嫌い

疲れたからいやだといいつつ飲み会に出かけた妻が帰ってこない

あなたっておんな嫌いだったのね妻にいわれてハアとこたえる

分かり合うことはできぬが分かり合うふりをお互いできる幸い

こじるりって誰よの妻に丁寧に答えてやれば軽蔑される

ラブレターは取ってあるねと妻に問えば捨ててはいないがついぞ見かけぬ

妻に出した恋文いまも筐底にあることを知るこれはよくない

ねえあなたの生命保険はいくらだと毎年同じ時期に聞かれる

子規の律一葉のくに妹のなき我ゆえに妻と語りぬ

空気のようになった妻だが空気には冷たいときあり重いときあり

親子鷹

親子鷹にとてもなれないわれと子と追加の餃子わけあいて喰う

大切なものは家族と書きし娘が独立すれば顔も見せない

連続殺人がありし近くに住む娘に安否を問えば一笑される

我が家には平成生まれの子はおらず三十年ははやばやと去る

大谷は息子じゃないからひたすらに頑張れ打てと応援できる

三十歳を過ぎれば子どもは別人格そうはいってもそういかない

忠義のため息子を殺す話あり旧約にあり浄瑠璃にあり

バブル時に「今」を喰いたり「今」にまた「未来」を喰いぬ孫の時代を

おでん屋の燗

諍いて道ゆく声に寝床の灯ともせば声はしずまりて去る

塀の上ガラスの破片きらめけりここはいずれか壁の内外

吐き捨てし前歯三本ボクサーの十九歳の失いしもの

反抗が美しかった時代から遠く離れておでん屋の燗

内臓に疾患あるか顔黒き男二人が競馬紙を読む

くれぐれもよろしくなどと留守にきて妻に残して去りしひとあり

大久保清に誘われたのよと武勇伝語りし老女高崎に住む

「女って怖いですよ」と言うなかれぼくを見ながら微笑しながら

ミルクティーのミルクは薄い膜となる君は静かに怒りを語る

その夫の愛妻家ぶりを迷惑と笑い七十媼つやめく

自由が丘の浮浪者

自由が丘駅南口緑道の美男の浮浪者いつかきえたり

進化とも退化ともつかぬたい焼きのクロワッサンを歩きつつ喰う

田園調布放射の街の静けさよどんな家にも葛藤はある

裏庭に胡瓜植えれば実りありカメムシなども来てなつかしき

夏草の青い匂いの流れくる隣の庭に植木屋がいる

苦瓜の蔓を払えばリビングの外に大きな秋空のあり

雄花から咲いてゴーヤは実り終え枯れてゆけども雄花なお咲く

タネもまた命であれば含みたるブドウの種を庭に吐き出す

ダージリンティーにそえたる砂時計ひそかに吾のときを奪いぬ

雛形代

仏さまは大足にして扁平であればにわかに親しみのわく

和田一族滅びし浜に流さるる雛形代は波の間にきゆ

共同体の崩れてやまぬこの村の沖へ沖へと雛は流れる

埋め立てる予定の池に六月の雨降り夜の牛蛙鳴く

ミツバチの群れが消えゆき都会では気づかぬうちの終末もある

ひとすじの輝きありて八月の海と空とのあおをへだてる

遊漁船に終日釣れど釣果なし生のシラスを土産にもらう

沖釣りのさねさし相模わたつみの彼方に青き富士のそびゆる

水平線までは五キロか泳いでも水平線はまたさきへゆく

線路沿い夏草いまだ濃く茂り京急線は三浦に向かう

埋葬虫

地のなかの長き歳月こそ一生樹に鳴く蟬は天界にあり

シデムシは埋葬虫と書きて読む虫や獣を土にかえせる

紫陽花のうえの羽虫を押しつぶし液晶画面にしみを残せり

エビ・カニのほうが蜘蛛より昆虫に近い分類学の奇妙さ

飛ぶ鳥を空に見上げて池の亀のそりと濁りのなかに沈みぬ

なによりも弱い兎は多産ゆえ滅びることなく里山におり

嘴広鸛の立ちて動かぬ禽舎前雨降る中にわれも動けず

無精卵生み続け死ぬレグホンはこの世の果ての生を生きおり

ずるずるとからだ引きずり大鰐は水場に入りてまた動かざる

優先席

誰か来たら立てばいいねと言いかわし優先席に少女座りぬ

ひと巻きのロールペーパーに替えられた新聞紙上のさまざまなこと

ご亭主は仕事か留守か死んだのか婆六人がランチしており

喉元を晒し見上げる桜かな人は急所を花にあずける

鼻チューブつけし子どもを抱き上げる母には母の日常がある

グラウンドをトンボで均し白線を引く新人の肩の細さよ

両親に殺されし子の作文をエンタメにしてテレビははしゃぐ

自由とは

自由とは若き女のことならん股下おおよそ風にさらして

晴れ晴れと和やかにして珈琲を飲む喪装なる一団にあう

一円まで割り勘処理をする幹事しっかり主婦の元銀行員

一万円に一万円が入りますとレジは呪文のように声だす

みなとみらいと名付ける街に時流れところどころに過去が染み出る

カトンボのような娘が乗ってきて停車場ふたつでスイとおり去り

深夜バス出でてゆくとき戻るとき街は知らない顔を見せたり

エレキギター背負う少女が大股で下北沢に降りる春の日

長寿こそめでたきことと言祝ぐを過去に追いやる世に老いゆけり

二十五屯トラックにして赤棒を振る老人に誘導さるる

わたくしは貝になりたい若者がスマホにらんで地下駅をゆく

予定なし、なんにもなし、とスマホ手にホーム中央歩く若者

駅員に補助をされたる車椅子礼をする人あまり見かけず

皿の上にパセリ一片残されて窓の向こうは秋雨の街

失意の錆

ベルリンの露店に並ぶ勲章は名誉と失意の錆を浮かせり

聖処女の火刑台あとの十字架のほとりに喜捨をせがむ手のあり

聖堂も広場も道も石造りながされし血も水に清まる

五つの民族、四つの言語、三つの宗教、ユーゴスラビア消えて久しき

牛も馬も群れをなさずに草を食む乾いた風と土のモロッコ

灼け砂の下の水脈追うごとくキャベツ畑が細く一筋

ぐちゃぐちゃなフェズの小道を幾重にも羊の皮を負いて驢馬ゆく

浦安のキャストのごとくベルベルの男は駱駝を曳いて笑まいぬ

風紋は影を落として広がりぬサハラ砂漠に冴ゆる月明

五島の海

ブロンズの牙を剥きだし狼は声も殺され雪道に立つ

道の駅もコンビニエンスストア風に模様替えして若い店員

龍安寺石庭眺めてうんうんとうなずく異人はなんなのだろう

雷鳴を遠く残して白雨ゆき緑に光る山の辺の道

双発機高度さげれば早春のひかりに五島の海は揺らめく

東富士演習場の砲声が薄の原の彼方より来る

しんしんと更けゆく夜の祖谷渓に猪鍋を煮る風の鳴る音

関口の水普請

芭蕉翁宗房と名乗るころにしてこの関口に水普請せり

震災に富田木歩を背負いたる新井声風に後の生あり

兜太句集『百年』に悼句あまたあり濃く付き合いて長生きをして

後藤比奈夫百三歳で句集出す百歳時代に一つの灯し

インテリの論ずるほどに春の日の良寛さんは遠くなりゆく

牧水の歌碑の誘える百草園きみと歩みしころに変わらず

啄木の定型くずすこころねに思いを寄するこのごろとなる

孤独死の荷風しばしば先考の墓を洗うと日記に記す

米人のつくりし憲法笑うべしと荷風は記す五月三日に

子どもらと木登りをする芥川自死まぢかなる映像のあり

龍之介の息子三人演劇と音楽に生きひとり戦死す

文学館に井上ひさしの生涯は母を語りて妻を語らず

仰ぎ見し世代であれば江藤淳は小林秀雄よりわれに親しき

アルベール・カミュのペストのリアリティ現代日本に兆しはじめる

酔いしれて駅のベンチで寝てる人まさか李白の旦那じゃないか

書物にも読みごろのあり灯の下の青春のニーチェ老いのソクラテス

ジャン＝ポール・マラー

ルブランのマリー・アントワネットの肖像は十年後のギロチンを知らず

ボシュ描く地獄絵が好き半分は堕落していくことへのあこがれ

ゴッホ展出れば精神病むことのなき青空のいちだんと澄む

風呂場にて刺され死にゆくあのマラーいっちゃなんだが気持ちよさそう

蒼白く不安に並ぶセザンヌの林檎は多分すかすかだろう

肉体の快楽ゆえに存在を我はしておりジャコメッティよ
純潔な聖母に抱かれた幼子の性器を描きぬルネッサンスは

売った絵を買い戻さんと奔走の画家ターナーの気持ちはわかる

売れぬ絵を引き上げてゆく老人にお疲れさまと画廊の主は

ネクロポリス谷中の朝倉彫塑館「墓守」という立像のあり

内実は嫉妬であらむ戦犯とフジタを追いし画家の物言い

殺しあう兵士の外にわれはおり藤田嗣治「アッツ島玉砕」

「世界報道写真展」死も飢えも病もあれどなにも臭わず

鴨居玲死を見つめつつ自画像を描き終え自ら命絶ちたり

前衛もいまはしずもり記念館にフィギュアとなりぬ岡本太郎

血筋と遺伝子

老いの果てに死があるという現実が身にしみはじめ冬の深まる

若者に追い越されれば抜き返すあとから疲れがどっと出てくる
譲ろうと腰を浮かせば次ですからといった老婆がなかなか降りぬ

金属をかぶせた奥歯にうつろえる季節を感ずときどき痛む

小学校五十年後のクラス会顔と名前がなじまずにいる

そのかみは血筋といいてこの頃は遺伝子という秋の過ぎゆく

少しずつ食器は割れて新しくいつの間にやらみな入れ替わる

もう少し生きていいかと死神に尋ねるごとくドック受診す

親たちは早めに逝きて介護なしわれら望みしことにあらねど

野上さん写ってますよといただいたスナップ写真のなかの老人

さだまさしは元気だけれど

高齢者になっても元気さだまさし死にそうな歌を唄っていたのに

核家族の幸いしゃぶりつくしきて団塊老いて孤老に落ちる

スリッパをぱたつきならし医者のゆくこの病院は信用ならぬ

気分はと医者にいわれて考えて十秒後には悪くなりだす

本を読みながら机に寝てしまうあの世に行くのはその時がよい

精検の結果を待てる数日の鬱な気分をいまは笑えり

さまざまな音と臭いが入り混じり午後の歯医者の治療はじまる

半世紀乗らぬ自転車に乗ってみる身体の記憶は揺らぐことなし

いくつかの心のうちの獣を馴らし萎えさせようやく老いぬ

終末時計

終末時計残り百秒君が代を歌う時間ぐらいならある

しょせんウイグルどうせ香港のことなどと言えない明日が日本に来る

北極の氷の底に閉ざされし悪意はやがてしみ出してくる

闘病の記録のブログ更新をされず確かな死の気配あり

現実の死の物語を綴りゆく病者のブログに書きこみ多し

欲望は果てなきものか寄り来たる鯉の口腔うつろに深し

死者二人不明者三人欠席者二十五人のクラス会あり

アダム・スミス

クラス会うまく生きてるものら来て来ぬ者たちの噂話す

ＯＢ会の幹事をすれば唐突に意地でも行かぬというやつが出る

学生の街の茶房に懐かしくアダム・スミスの名前を聞きぬ
筆跡は私に違いないのだがメモの数字の意味が分からぬ

不器用な私ですからで許された昭和の男のあやまり方よ

お金ではない心だと言っていた昔はバカだがいい奴だった

コーヒーを淹れる

同じ訃を伝える電話二か所からあればひとまずコーヒーを淹れる

もう会わぬはずの知人も訃のあればひどく惜しいと思う秋の夜

あたらしき斎場なればモノレールおりて運河を渡りそのさき

斎場の外は梅雨晴れ緑濃し初蝉さえもこれからのこと

棺桶に閉じ込められて君は去りわれら散りゆくクッキーを手に

旧き友死なば時間と空間がねじれたように人が集まる

思い返せばあれが最後だったねと人との別れは凡そそうなる

延命の装置の管に繋がれて夢にただようそれは死でしょう

ル・フォイユ・モは枯葉なれども直訳は死の木の葉なり秋の深まる

老いましたと添え書きのある年賀状訃報におくれ届きたりけり

煉瓦を乗せる

押し花に煉瓦を乗せて春の日に生まれた恋をおしまいにする

そして今そして今さらなにをいうぼくの気持ちはもうここにない

台風の被災復旧見とおせずテレビはお笑い流し続ける

嘘ふたつ混ぜて相手を説得し帰る道辺の十薬の花

種明かしする手品師にこれほどに人は騙されやすきものなり

ジャッキ・アップ

関心の低さを無理やり押し上げたオリンピックのジャッキが軋む

記憶にない忘れましたとボケすすむ人らが国家の運営をする

次世代と次々世代とを収奪し「支援」の名のもとカネをばらまく

長距離ランナーの饒舌

実力とはかくなるものかジョコビッチに粉砕されし錦織圭

日本流「ハカ」をつくろう四股をふみ雲竜型のせり上がりして

トレンチコートの襟を立てたるスタイルも懐かしきかなラグビー観戦

長距離ランナーは孤独であれどゴールした後はあんがい饒舌となる

補助線を引く

ピルトダウン人の化石を展示し自戒する英国自然史博物館展

人類はまだ幼年期にすぎないと山椒魚が苦笑していた

ウイリアム・テルの放ちし石弓の一矢はスイスの独立を射ぬ

義賊というカテゴリーあり江戸時代いまは義賊の住めぬ世の中

日本はまだ占領下という補助線を引けば解けゆく問題もある

大陸の地名を日本語読みにして故郷かたる人のまたゆく

神無月九日ゲバラはボリビアに死んで遺影は若き日のまま

沖田総司美男伝説一枚も写真を残さぬ幸いがある

アメリカはひどい国だがそのひどさ見えているだけまともではある

不器用そうに泳ぐ亀だがおぼれない結構ずるいぼくに似ている

あとがき

二〇一八年に第一歌集『レプリカの鯨』で、第十五回筑紫歌壇賞をいただいた。

歌集は一冊で十分だと思っていたが、そんなこともあり第二歌集に挑戦してみることにした。

短歌をはじめたのは、退職してからで、作歌歴は十年ほどである。最初は、新聞歌壇に挑戦し、「短歌人」に入会し、小池光氏の選を受けていまに至る。

『レプリカの鯨』は、新聞歌壇入選歌を中心にまとめたが、それから三年弱たって新聞歌壇の歌も溜まってきたし、短歌人に掲出した歌にも捨てがたいものがあったので、両方をまとめて第二歌集『チェーホフの台詞』を上梓することにした。

したがって、時間的にはかなり重なる部分もある。

私は、企業に勤めながら、戯曲を劇団櫂に書いてきた。この間、短歌をつくろうという気には一度もならなかった。短歌を詠むことは恥ずかしいことに思えたからだ。恥ずかしさのもとは「自意識」であるが、その自意識は、還暦を過ぎるころにようやく収まってきた。

ただ、表現の手段としては、いまだに私にしっくりきているわけではない。なにより三十一文字というのは、なにをどう書こうと自由な小説、戯曲、詩に比べて制約がある。

もちろんその不自由さが、表現の幅を広げるという逆説もあるが、私には、一首三十一文字で世界を創造するだけの力がない。

ではどうするか。三百八十首ほどの作品をいささか私小説風にまとめ、一冊で読める作品にしたいと考えたのである。

その是非はここまでお読みくださった皆さまに任せたい。

「短歌人」では、小池光氏のほかに昨年お亡くなりになった中地俊夫氏と現発行人の今井千草氏に大変お世話になってきた。

別に阿木津英氏のセミナーや歌会に参加している。

各位には心から感謝したい。

野上　卓

著者略歴

野上　卓（のがみ たかし）

1950年　東京都北区田端に生まれる
2010年　宮中歌会始　預選
2012年度　毎日歌壇賞（篠弘選欄）
2018年　第15回筑紫歌壇賞『レプリカの鯨』

短歌人所属

歌集　チェーホフの台詞《せりふ》

2021年9月10日　初版

著　者　野上　卓

〒158-0083　東京都世田谷区奥沢2-35-7

発行者　奥田　洋子

発行所　本阿弥《ほんあみ》書店

東京都千代田区神田猿楽町2-1-8　三恵ビル　〒101-0064

電話　03(3294)7068(代)　振替　00100-5-164430

印刷・製本　三和印刷(株)

定　価：2860円（本体2600円）⑩

ISBN 978-4-7768-1565-5 C0092 (3281)　Printed in Japan